CB077728

o mundo mutilado

o mundo mutilado

prisca agustoni

imagens de

anna allenbach

Siamo tutti in pericolo

Pier Paolo Pasolini

A fera

Sempre dentro de mim meu inimigo

Carlos Drummond de Andrade

A derradeira fome
a próxima sede
a fuga primeira

tudo começou
na enseada do medo.

Desde então
nenhuma trégua foi dada
e o paraíso agora
mudou de lado.

Cuidado!, dizem eles,
o inferno tardio
acaba de atracar:

são os humanos

com seus dialetos
estão voltando,
recém saídos das cavernas
cavam nas ruínas

tenazes, eles chegam
nossos semelhantes

de algum lugar perplexo
calado no sangue

são eles e dizem:
cuidado!

os anti-humanos
fincam um medo de enxerto,
suas raízes como facas
em corpo árido:

são esse cardume
remexendo
no deserto

para Davi Pessoa

Caronte é uma esfinge
é também camaleão
já andou na estrada
de ferro e canhão

cruzou o continente
de oriente a ocidente
nas trilhas de escombros
e sapatos solitários

expulsou a máquina
do mundo para fora
do caule da existência
mais dilacerada

descalço avança
com sua cadência
e seu disfarce

toca vagaroso a litania
nas vértebras inflamadas
de Vladimir e Dante

cospe nas rimas
na espinha de sangue

e concreto de Ossip
Mandelstam

tripudia dos ossos
da fúria do fogo
nas ruas ele ri
da cartilagem das horas

que despencam
pela fuligem
pelo gás
lacrimogêneo

seu riso é um escárnio
feroz e lancinante
como bala insuspeita
adentrando a carne

seu palco é a derrocada
do humano, do átomo
no descampado
da alegria deformada

amoral é esse cão
que agoniza na estrada

a pomba suja –
ratazana no verso
de Donizete Galvão

indecente é o gozo
diante da unha encravada
o nítido projeto
de um país estrangulado

mas a ardência do grito
preso no peito
se espalha como mancha
de petróleo no oceano

até um dia ser esse inchaço
essa pústula infecciosa
uma força represada

e da agonia dos gagos
forjar enfim o novo dicionário
que defina a combustão
de uma língua alucinada

Somos esse ardil que acutila
veloz como projétil,
somos a língua enrugada,
um equívoco portátil,
temos a ternura que mata
feroz, feita fuzil engatado.

Sim, ainda somos as flechas
de um arco em riste,
temos a floresta circulando
na aorta, essa fúria herdada
dos dóceis

hoje resta-nos apenas
a face mais humana
e o desejo como motor
– antídoto
contra a infecção

nesse século puído
pela besta bactéria
que quer nossa extinção

Resumir o traçado dos mapas,
as passagens de Paris
ou de Calais
num gesto trágico
de uma noite qualquer

a bagagem dos prófugos
é no fôlego e nos pés
que superam distâncias
é no ímpeto em migrar
no coração do algoz

– *o cerco está fechando diante de mim*
escrevia o filósofo
numa carta-epitáfio:

o humano recusa o humano
expele de si os ácidos
da espécie

"o novo decreto revoga
o direito de asilo:
a fronteira acaba de fechar"

ser um apátrida, mais um
nesse hospício
                                        inóspito
                        inexato
dessa máquina mortífera
que é o continente

com seu extenso perímetro
de alpes e mortos

um arquivo de túmulos
silenciados

A fera, deposta
pelo júbilo e pelo terror,
está nua e se compraz

da veia inerte de Walter
na fronteira com a Espanha,
da calma tirana e nevosa
que lenta encobre o corpo
de Robert Walser, morto
aos pés dos Alpes

da valsa na vitrola
em Treblinka, das flores
tóxicas e épicas de abril,
o mais cruel dos meses

quando lilases negras
brotaram em Chernobyl
na noite de lilases mortas:

no dia seguinte a criança
foi para escola e expulsou
de si a infância

como fruto excessivo
que estoura na grama
abrindo seu ventre
aos abutres da primavera

na relva roxa da monsanto
o grito tóxico dos grilos
explode o tímpano dos vivos
ecoa na via láctea

enquanto o último girassol
resiste, solitário – astro
que fura o asfalto
e cego persegue no céu
de inferno a inferno

a sístole da espécie

lendo Bertolt Brecht
em noite de chuva

O poeta vive em estado de exílio
– dentro e fora do perímetro
inexato do verso, em perene risco
de infarto

– sempre tendo seu inimigo
preso numa coleira
como cão ao seu encalço

o poeta carrega sua floresta,
a *Schwarzwald* da infância
na maleta negra,
junto aos manuscritos,
junto aos poucos objetos:

um rádio de seis válvulas,
sua segunda caixa torácica

: boca habitada por outros
com a qual respira
e conspira outra fuga
über die Grenze, noch einmal
nach Norden

: Praga, Svendborg, Lidingö
itinerário de uma queda
infinita rumo ao norte

a floresta segue ao seu flanco
cada dia mais dura
cada dia mais branca

e de lá subir mais, e subindo
in extremis no último vagão
da noite para Vladivostok,

o poeta faz da própria vida
seu maior palco, aberto
à práxis e à ira dos cupins

voltando a Paul Klee

Na *Revolução do viaduto*
os arcos avançam
sobre nós, como pés
urgentes contra o cálculo
exato de um mundo
simétrico em construção.

O pintor quer a festa,
o salto fortuito, o júbilo
raro das cores em choque
que pisam a ordem,
o caos humano

que celebra o excesso
de uma vida nas frestas

Gente que parte

Viste os refugiados que caminhavam
para lugar nenhum, ouviste os carrascos
que cantavam com alegria.
Tenta louvar o mundo mutilado.

Adam Zagajewski

Não sabem que são anjos
os anjos que vivem conosco no campo:
acostumados a remexer no lixo
sabem do estômago a fome,
do músculo as câimbras.

Reviram as línguas
como frutos caídos
cariados no chão, na torre
dessa babel horizontal

aqui, onde o latim eslavo
estala suas sementes
que florescem tardias

e no fígado do dia
destilamos
nosso álcool

Os anjos vagam esquivos
nos arredores de Idomeni:

carregam consigo outros espectros,
o rosto dos caídos
deitados na memória

juntos dão voltas
no limbo, no campo

onde prófugos perpétuos
rondam em terra de pêndulos

enquanto esperam
enfileirados
a volta do tempo dos humanos.

Esquivos como gatos à espreita
alisam as dobras de um passado
que desbota no presente:

não sabem que são anjos
os anjos que nos perseguem:

perderam suas asas
no lodo, no mangue, no mar

Cavam corredores de luz
no coração deste século
para extrair
a semente do fruto
sem morder na polpa

*

: a memória dói
em qualquer lugar
que a gente toque

e dentro de nós
rói o osso da espera

Vrazhdebna como Salonikko
ou Frankfurt am Mein:
as novas cidades nômades
cercadas pelo futuro
dos que passam
passam

ciranda de crianças
atravessando a história

*

vivemos – corpos mutilados
com uma fisgada na parte
invisível que falta

: o país abandonado
: o país nunca alcançado

este campo
uma muleta improvisada

Somos os frutos estranhos
presos aos galhos
de uma árvore
que nos repudia

não há refúgio possível
em quintal proscrito

só essa suspensão
esse arame farpado
uma revolta explosiva
ainda que tardia

– dentro de nós
é onde macera
o açúcar
o licor
da colheita

Na fronteira entre a Bósnia
e a Herzegovina há um campo

Vucjak, um nome intenso
que arde na boca
como especiaria oriental

no entanto surgiu do lixo
e fede como carcaça

ainda bem que quando neva
o bolor congela e tudo fica
inerte e desterrado

como as seiscentas múmias
vivas, adivinhando quem será
o primeiro a boiar no charco

eles não aceitam outro destino
a não ser viver à espera
(a vida em ruínas)
na fronteira da Croácia

estação primeira da Europa

Para essa terra de abandono
migramos,
carregando o que sobra
do despojo:

nosso rosto virado
rumo ao sol,
rebojo de poeira e vento
na seca

e uma flor, pelo menos,
pelo menos uma flor
aberta
apesar da fome

– aquela, que nos sobrevive
e demora

Onde não cabe sombra
nem raiz sequer
no descampado desse lugar,
onde não cabe flor
nem pedra no chão:

o vazio que nos cerca
nessa tarde enfurecida
e calma, sob um céu que não
sabe contar sua idade:

só o galho geme na fenda do tronco,
na ferida invisível que o vento
toca e enruga

onde nem pássaro se atreve a pousar.

Somos uma espécie que migra,
sem rastros nem restos na memória
das gentes. Sombras, apenas,
palavras em mutação, segredos
esses três pregos na fíbula do esqueleto.
Um dia a tempestade chega e nos pega
na encosta, onde largamos as flechas.
Animais dormem dentro do tempo,
enquanto mães cultivam hortas e facas.
Logo surgem a chuva e o medo.
E voltamos à marcha, afastamos as nuvens,

apenas um cão nos segue, silente,
paciente, rumo ao norte.

Os antigos migram conosco,
se recusam a serem apenas rostos,
os mortos que sabem a paz
                    dentro do tempo.
Os antigos conhecem as ferramentas
da guerra e do corpo, sua pólvora
mais potente, o arrepio da pélvis
e o fogo que se alastra
feito centelha na relva, brasa no bosque,
a leveza do músculo quando dorme.
Eles vão conosco,
ombro a ombro, e não esmorecem:

são a réplica invisível do passo,
nossa sombra, avesso do espelho
na terra, no ápice do calor
na voltagem das horas.

Aqui estamos,
os viventes,
porque migramos
no passado
e assim por diante
até o presente:

o primeiro homem
partiu o umbigo
do mundo em duas
meias luas;

dominou o fogo, criou
guelras, escamas e sílabas
diante das glaciações
e do calor estonteante

feito peixe que nada
contra a corrente.

Ao longo de cem mil anos
fez cesuras no fêmur

com lascas e pedras
para contar as estrelas

e celebrar seus parentes.

A cada corte um salto
a cada ano uma conta
de barro cru no colar,
enquanto se fez larva
asa batendo forte

no casulo da palavra.

Como chegamos assim
ainda envoltos em ruínas
com armas e medos
se aprendemos a caminhar
para dentro dos poemas?

Antilíngua

Às vezes canta-me o lobo no sangue
então eu me aqueço
numa língua estrangeira.

Mariella Mehr

Minha pátria é minha língua

: :

esta pátria fantasma
esta pátria ausente
esta pátria futura
esta pátria farrapo
esta pátria aterro
esta pátria atalho
esta pátria derrame
esta pátria estrume
esta pátria canto
esta pátria crânio
esta pátria exílio
esta pátria abrigo
esta pátria estouro
esta pátria tiro
esta pátria horta
esta pátria treme
esta pátria estertor
esta pátria cobertor
esta pátria motor
esta pátria capuz
esta pátria sem luz
esta pátria seio

esta pátria sem freio
esta pátria fúria
esta pátria nunca
esta pátria lábio
esta pátria falo
esta pátria gozo
esta pátria grávida

esta pátria mátria

para Francesca Cricelli

implodir a fala
como prédio que desaba
do nada,

ser o estopim da queda
e após a fumaça
fazer das ruínas
uma nova casa,

catar as palavras
remanescentes,
hospedar os cacos
de línguas mortas,

que todavia perduram
como dívida no sangue
e voltam
nesse gesto arcaico:

acariciar
a contrapelo
o dorso do dinossauro

a língua não
tem arame farpado nem
renúncia possível:

o refúgio
somos nós,

e as fronteiras perenes
entre as palavras,

portas onde batemos
esperando os vivos

balsa que nos leva
de uma orla a outra

*

abitare una lingua come si abita una casa
una giacca sgualcita
una soffitta scura

o signo é um barco
que transborda
e transporta
de uma margem da vida
à outra
esse algo de mim
que escapa
no meio do rio
e afunda
e transmuta
deslizando
de uma língua para outra
paciente
nessa civilização submersa

*

as palavras são esse rebanho
que procura
outro pasto
que sobe ao alto
de mim, em tempos
de verão, que desce
na planície do ser

no inverno
à procura
de alimento

essa tradução de mim
é um movimento,
maré lenta
que mexe no solo
da língua

– perene transumância

do lado direito de mim
fala em italiano aquela
que desce da montanha
eterna, a filha que fostes,
imperdoável pela neve
expulsa dos olhos

il passo del San Gottardo
è il tuo oceano

teu oceano é de neve
e de rubros cardos

o meu é parcial,
uma vasta extensão
de restos

*

do lado esquerdo de mim
explode como bomba
essa manga
do tamanho do coração

ácida e doce
como a língua que masco
quando visto esse duplo

porém me perturba
me angustia
o excesso do seu gosto

que disfarça o incômodo
dos fios entre os dentes

: é um inteiro pomar
que range em meus versos

il s'agit bien de ça
survivre en territoire sauvage:

*

porque sou outra em cada língua,
mudo de endereço

anjo, raposa, sereia, peixe-espada

porque é impossível escondê-los
pois dormem todos comigo

levanto cedo
temendo que eles acordem
antes de mim
e comecem a brigar pela minha boca

*

I carry my words like loaves,
my slight hands bearing the untenable purity.
I give the words to you,
in case you lack food.
But I won't feed your fears,
your guilt, your hungry dogs.

somos essas línguas,
conosco arde a chama
da história, o livro
aberto das dunas
e a chave da memória:

somos filhas de uma língua
mutante, nossa espinha
dorsal e anfíbia

*

il s'agit bien de ça
survivre en territoire sauvage:

celui qui ronge les bornes de l'intime
et fait en sorte que le corps tout entier
soit forêt,
soit fureur
soit colère,
soit insurrection sur la langue

as línguas rangem
no limiar dos dias
como a rótula
que esbarra
entre o fêmur e a tíbia
e nesse girar
feito porca
perfeita em seu encaixe,
permite a dobra

são dois corpos
que atritam
um contra o outro
e por instantes
nesse rapto
nesse ímpeto
animal
pulsam
feito um só

as línguas são felinos
que se lambem
lentamente
umas às outras

para tirar do pelo
tudo
exceto o carinho
impudico desse gesto

migrar é anterior
à partida:
são essas três vozes
na cabeça, três
sintaxes contíguas
explodindo a fala,
três vidas empilhadas
dentro de uma apenas

a migrância eterna

é esse coração que bate
ainda bate
nas palavras que soam
exatas
apesar da ferida

no campo

I.

a lei não
serve às leis
e a liberdade cai
feito machado
partindo em dois
meu nome

a língua não
se rende
segue íntima
e hostil
fincada no corpo
como farpa

enquanto
o futuro não
para de chamar
outra infância

II.

habitarei a língua que queres
o incêndio que sou
nessa margem árida
só haverá cinzas
entre minhas consoantes
e um espelho quebrado
no lugar do peito;

habitarei uma língua que desconheço,
serei a casa abandonada
que aguarda, como semente
no chão, o retorno da chuva
e das mulheres;

habitarei a língua para fazer da partilha
partida e chegada,
e falar com novos nomes
da camada de calcário
descendo
como tempestade de verão
na mata, sobre as folhas
entre as vogais
no verde do meu mundo antigo.

diante do indizível
velhas raízes me ensinam a ser ave:

as árvores falam
diz o autor iraquiano
xamã em tempos de imigração
naquele romance escrito em alemão:

– *Heimat ist kein Ort*

é preciso aprender a escutar
a língua ardente dos carvalhos,
a queixa das faias gigantes
diante do silêncio limpo de uma praça.

Em cada fruto
a germinação de um estranho dicionário

es ist ein Gefühl,

você fala sussurrando
e depois o inverno
avança turvo sobre a relva

e em nós, calados
como uma onda que cavalga
abismos da língua antiga,

enquanto nossa pele
é lixa que raspa
o mapa dos êxodos,
a genealogia circulando
nas artérias, o coração

trinca, de vogal em vogal
na síncope dessa língua ferida
que lentamente cicatriza.

cette langue qui tue ma langue maternelle:

a língua inimiga entra
pelos ouvidos e escorre
até à aorta

ali espera e rosna

um cão que sabe
o estranho à espreita
atrás da porta

nessa língua feita cão
que ladra
e rói o osso
da língua morta

a operária húngara
escreve seu caderno
como uma Penélope,
mais uma,
ela própria no exílio
tecendo
sua mortalha:
Agota Kristof
          espera

a volta da língua
sacrificada,
a certeza da escrita
como única casa

rascunho eterno
numa língua torta

Memória do inferno

Ne pas désepérer des lucioles

Aimé Césaire

aqueles barcos que saem do nada
até parece que sem razão nenhuma
até parece que zarpam rumo ao nada
carregando olhos arregalados
até parece que apostando a chegada
até parece que sem ganhar nada
aqueles barcos que aparecem do nada
que parece que apodrecem no nada
até parece que

+

são esse gotejar estranho
de alguma greta no telhado

+

são apenas fatos
os fatos, números
os números, declinações
de corpos sempre no plural
como se não houvesse pessoas
dentro desses números
dentro desses corpos
dentro desses barcos

dentro desses mortos

+

só o lucro
bruto dos bancos
e o escorbuto
que voltou com tudo

+

esse barulho que espeta
a mosca insuspeita
que ronda a cabeça
da dona de casa:

"Aqui não cabem, é triste,
não tem como
não dá para acolhê-los todos".

+

O continente
da igualdade não
passa dessa casa
destelhada, tochas fracas

na névoa dos migrantes
um Eldorado distante

ao sul de suas rochas
a ossada, o mar, a mácula
a casa repleta de quartos
onde espremem-se
pessoas de toda parte

+

mobilidade é a chave
que abre cofres
e cabeças:

acordos de Schengen
bolsas de Erasmus
internacionalização
dos precários
globalização da fome

nesse mundo novo
que veste
sem estigmas
seus velhos disfarces

+

aos poucos, aos parcos,
aos que não viajam de barco
a circunspecta máquina do mundo
revela perfumes e ócios cromados,

aos outros, os condenados,
                    o pomar
apenas o pomar
e a ração dos porcos

+++

as notícias chegam
espalham-se no charco
do display, chegam
rolam pelo feed
ligeiras como colibris
269 dispersi nel mare di Lampedusa
e queimam a retina

+

as medusas chegam
provocam eczemas e paralisias
na pele exposta ao sol
com vertigens e náuseas
ao meio-dia

+

enquanto isso
entre falhas de conexão
também chegam as mensagens,
manchas de óleo insuspeitas
ressoam no inbox como moedas
no cofre de metal,

são amigos migrando no mundo
constelações
de afeto intermitente,
um fluxo irrefreável de notícias
e gente que parte
faíscam no iphone

asas fugazes
de um inseto que sai do casulo

+

dois destinos se avizinham
por um segundo ferem-se,
como feras que fingem
um sono manso
enquanto os corpos caem
os rostos caem
no charco do display

+

as notícias não param de chegar
androides sem alma
que invadem o quarto:

+

são 269 mortos no mar de Lampedusa
somando-se aos 653 já contabilizados
só esse ano, sem rosto ainda sem nome
são 269 os últimos não-chegados

+

enquanto isso

tantos rostos cintilam na tela
cada silêncio cada like cada pefil
que afunda no mar de níquel

+

cada balsa
que nem chegou a ser viagem

+++

é possível morrer
duas, três, quatro
dez, dezenove vezes
da mesma morrida morte

+

a primeira ocorre
quando carrega-se
por dias
entre as mãos
a terra natal
como filho
natimorto

+

a segunda
quando por fim consegues
extirpar o que há de mais fundo
na memória

+

a terceira
quando a língua trinca
e esfacela-se

+

a quarta é quando esqueces
o cheiro da terra após a chuva

+

as outras mortes
se amontoam
como insetos

+

o difícil é descobrir
onde se esconde o inseto final

+++

Para Boris Y., músico, migrante
curdo morto em Lesbos em 27.04.2017

Ainda resiste a mão
além do roxo da morte.
O que ela toca hoje
são notas de outros cortes

rios e montanhas, paisagens
muitas ele carrega no canto
afiado do instrumento

ao qual está agarrado
como fosse seu colete,
talvez um passaporte.

De que adianta o talento
a afinação perfeita
se sua vida se resume
ao imprevisto voo da moeda:

cara ou coroa o veredito
e lá se vai Boris para Bélgica
sem antes ter ouvido
o grito contra o vento
que é a resistência das gaivotas.

Da noite para o dia
perdeu-se seu rastro
e essa ausência machuca
como pedra no sapato.

Ele que nunca vira
o esplendor das praias gregas
nem em cartão postal
foi reconhecido, dias depois
cingido ao violino

quase dormindo
pelos lados do cais

o sonho sangrando
como ferida intercostal.

São sempre os mesmos
os que transitam
pelo Cabo da Eterna Esperança:

ontem vinham do Cassange
eram do Monjolo,
são seus netos os que procuram
uma terra chamada França
e uma língua como cobertor

um país de paz e justiça
onde outros gritos
estilhaçam as vidraças.
Por isso Akbar sobe o deserto
do Sahara, descalço caminha
até Sebha, a cidade do céu triste.

Ele crê ele confia ele sabe
que a trilha é chegada
e o destino somente
uma palavra em vão
a liberdade é o mel
amargo dos que maceram
no meio do mar.

Todas as mãos se juntam e cosem
um manto uma espera uma história
homens, mulheres, crianças e velhos
expulsos da colmeia
e das cidades
se enovelam
num enxame silencioso

que voa nesse barco
que punge e nos assombra.

Foram encontrados os ossos
dos amantes ainda abraçados.

Uma cama submarina
em lençóis azuis de algas, a água

uma incubadora que guarda
a essência inexata do amor

: intactas, circunspectas moléculas
daquilo que sendo efêmero

é o tutano da espécie,
mergulhado numa espera abissal.

no barco

I.

há línguas vazias, línguas maltratadas, as muitas línguas que florescem na boca como urtigas queimando o ouvido nesse exuberante jardim suspenso, uma torre de Babel como um inferno flutuante. Temos raízes fincadas no esterno, guelras brilhantes encobrem nossos corpos, e palavras como pencas de ideias e alicates cortantes. Mas somos reféns de uma língua estranha, língua-êmbolo, língua-tremor, que esmorece o antídoto contra a morte e nos amontoa

dentro

todos mutilados de alguma língua

[materna

II.

a casca da língua está ferida

as sílabas despencam da boca
como fíbulas da perna,

cravam-se na obscura pele
de uma cidade futura
fantasmal,

entram nesse útero gigante

um cemitério
onde já não faz sentido chorar

III.

habitar uma língua como se habita uma casa
um casaco velho
um porão escuro

habitar um nome como uma relíquia
um quarto anônimo
um brinquedo quebrado
habitar uma viagem como se habita uma cidade
que cresce por dentro
e escava como furão a terra

habitar o animal que somos, que sobrevive
em nós, apesar da fome, apesar da noite
à espera da mão que nos acaricie
habitar o transitório, o indefinido
o que nos move, ser árvore
enraizar, ser rubra flor no meio do mar

habitar a morte que cavalga a onda
o horizonte como falésia distante,
o barco que é país de chegada
habitar o grito, a vertigem, a mão que segura
outra mão, a Europa, o porto
bem perto, a dois passos de distância

Diálogos

I.

com Dany Laferrière: a sobrevivência

estar no epicentro
do apocalipse
a ilha uma língua
em extinção

uma ferida flutuante:

carrego um caderno
no ápice do dia
trágico e escrevo

:: pedra
:: árvore
:: poeira
:: criança

volto à estaca zero
do humano, quando
as palavras eram
ensaios contra a cegueira

após outro tremor
coberto de escombros
vou ver as flores
intactas na cratera

o caule flexível
falsamente frágil
lembra a voz do narrador
que nunca se entrega

:: choro
:: agradeço

tudo o que dança

+

Aqui também temos
tremores, terremotos
cidades devastadas
a destruição que avança
e marcha anônima sobre rios
            e pessoas
soterradas
mas as flores daqui

são outras, Dany

aqui também temos
um Haiti sobrevivente

migrante, resiliente,

um país
como uma cratera viva

mas aqui a dança é outra,
Dany, e o caule das flores
segue duro
como canos de rifles

II.

com Edimilson Pereira: a resistência

a xícara como álibi,
a mão remexe
nervosa o café

– você me vê calmo
mas intui, não é

como ardem, em mim, as palavras
o incêndio que se alastra
corpo adentro
não cheguei até aqui sozinho
foi é com os outros

os ausentes,
essa correnteza viva
engrossando no sangue

então, é isso:
não conheço outro paraíso
a não ser essa metade cheia
metade vazia
de nós

+

Sei sim da puta mordida
que abocanha tuas beiradas

risos, pausas, plantas

teus gestos mais entregues
como antídotos contra a raiva

tu não cedes, lutas
– tigre
nunca solitário –
com teu arsenal de palavras

III.

com Patrick Chamoiseau: a migrância

trata-se de uma poética
que é também uma política
da relação

o pólen dos olhos
a urgência da beleza

e a expansão,
dentro de nós,
de outras paisagens

+

a migração como aranha
que tece e destece
a teia invisível
e precária
de um mapa

Rosa dos ventos

We wanted to see the sun come up
And are met, instead,
by this iceribbed ship

Sylvia Plath

a rosa dos ventos é flor agreste
que brota e resiste no barco
semiárido, na constelação dos homens
ao léu para sempre seus cadarços

a rosa dos ventos, estrela guia,
traça no céu a incerta trajetória
dos que perseguem a utopia,
potente motor que faz girar a roda:

: a liberdade, esse cativeiro

*

temos a herança do corte
na boca os espinhos da fome
e ainda assim

entre uma onda e outra
o espanto da estrela
estoura no céu
e o craveja com flores de aço

debaixo d'água
os olhos giram devagar,
sonares atentos
dos corpos que tombam
nesse porto submerso

: as pessoas arriam

a pele de níquel e cobalto
descama
no azul espectral
radar veloz
dessa noite que perdura

debaixo d´água
o corpo ondula leve
é de lã o cabelo
e de maçapão os ossos
devorados pelas algas

verdes algemas de vidro

os nomes não,
não afundam,
        flutuam,

nódoas de óleo escuro
alastrando-se na superfície

são medusas tentaculares
prestes ao ataque,

manchas visíveis,
crateras de um planeta distante

detritos de areia vulcânica
resíduos de células
sedimentam
sobre fossos e vales,
estreitos canais,
fósseis que ondulam
entre lâminas de ferro

a noite é uma casca aberta
em Lampedusa,
perdidos seus gomos,
só o cheiro cítrico
um rastro sorrateiro
a denunciar o corte

como uma rota indefinida,
como esse bote
que explode água adentro:

o barco é uma casa
mal assombrada
onde cabe mais gente,

um após o outro
persistentes em suas partidas
fundam outra cidade
submersa

terra terra terra à vista
eis as boias de ancoragem
como cruzes fincadas num campo

fileira de carimbos e assinaturas,
papéis amassados e retratos 3x4
o *passe-partout* para a fronteira
do futuro

on y est
on arrive
mais là-bas
on ne parle pas lingali

o sol é inimigo dos humanos,
desce como faca no rosto
dos que dormem
na proa

no sonho dos que flutuam
as rubras anêmonas na relva
são raros sopros de beleza

logo é preciso acordar
e colar os cacos do dia:
unhas e cachos de cabelo
são os sobreviventes no espólio,

remendos de um país
que sangra e infecciona

a memória é uma pá
que remexe na terra
entre os restos da infância
enquanto cava lenta
e desenterra o pai, o avô, o irmão
o tio que veio da cidade vermelha
e descobre a vila subterrânea
com os afrescos e o pomar
intactos
aquele raio de sol
a pino sobre a praça,
os cedros imensos
resistentes
com as crianças brincando na rua,

o rumor dos anos é uma foice
ruindo no sangue,
um ritual silencioso a despedida
dos anjos

e a ardência dos olhos
as cinzas espalhadas
nas esquinas,
nas calçadas,

onde só havia grama, antes.

a solidão é a orla de uma ilha
que se afasta, devagar, até se esvair
no horizonte

o sonho que cruza a curva da noite
e atraca,
o espelho mentiroso do mar,
o país que ficou para trás
como um filho abortado

: nossa esperança dura o tempo
de uma guerra
entalada na garganta

é proibido respirar
é proibido cuspir no chão
é proibido se mexer

para evitar que a viagem aderne

vamos guardar o destino
nos bolsos
como pedra da sorte

Novo ensaio sobre a chegada

A terra crestada está ali em frente
as últimas ondas que rosnam
e insistem em seu imprevisível gesto.

Logo o porto se alarga
como goela de animal ferino

e essa pátria sem palavras
ainda abre suas fauces para nós
incrédulos

tomados pelo medo do rapto.

Tanta vida gasta até essa linha
até essas pedras lisas:
Europa, vejo teu rosto limpo
e largo
no meio da bonança
enquanto o animal
ainda dorme

logo torço com todas as forças

para que a borrasca que sabemos
sempre próxima,
a explosão da língua
não passe de uma ranhura
no assoalho, o estranho esgar
do vento no telhado.

Do olho que pulsa
no desejo do outro

da carne que late
na ardência do corte

da crueldade que dói
no ganido do cão

da brasa de uma chama
que não se ateou

do osso que cinge
a corola do joelho

do sol que estala
na seara de grãos

do ferro que verga
pela força do fogo

do sentido que vinca
raspando na sílaba

do feijão que sobra
no verbo de chumbo

da pedra que é sílex
cortante no asfalto

da lâmina que colhe
no tronco seu látex

do caule em riste
que alça sua crista

da língua que molha
a sintaxe e a rima

do peixe que nega
a surdez da espécie

da chuva que lavra
no metal a ferrugem

do corte que raspa
da memória seu sangue

da unha que arranha
na pele da manhã

do sexo que extrai
da polpa o caroço

do relógio que mede
o esgar das horas

do inseto que se esmaga
na janela da manhã

da estrela que brilha
no pavor da noite

também se faz um dicionário

Antes de pisar firme
é recomendável tirar os sapatos
despir-se do medo
entoar o cântico calado
da comunhão dos ossos,

ser andarilho sem chave
ou nau cruzando o oriente,
seguir a cadência dos pássaros
que sabem da armadilha do céu

prenunciando o vendaval

Há sonhos que voltam toda noite
e me ameaçam
como um lobo
          firme
diante de mim.

Há sonhos que voltam toda noite
e o lobo me fita, não foge,
          hirto,
seu olhar perfurando o sono.

Há sonhos:

neles, um lobo
          calado
está diante de mim,
não se mexe,
          exato
em sua inércia
como se tivesse selado um pacto,

não arreda o pé
mesmo quando
de olhos abertos.

Entre os trilhos para Ventimiglia
vejo um corredor de ruínas:

ferrugem, chicória e ervas daninhas
os prédios rachados
– áridos, quase cactos
          pela maresia

nesse limbo entre duas terras
há uma calça estilhaçada
e um sapato solitário
deitado, como corpo violado

são as relíquias de outra guerra
onde a bomba é o carimbo
e o míssil é a fronteira imaginária

mais adiante
o tesouro saqueado:
a mala aberta
– boca desdentada

: a pátria portátil jaz no trilho

logo o trem se moveu na estação,
a mala foi ficando pequena
e longínqua, debaixo do sol cortante

não foi possível ver
o que brilhava dentro dela
– um alfinete
talvez algum pente de nácar:

aquele brilho insólito
que enfrenta as dunas do deserto

– um profeta no meio da devastação.

Como indagar o que está imóvel?

*

Todo dia olho pela mesma janela
e o mesmo lago me entrega
uma paisagem cada vez mais distante.

O ruído é sempre ausente,
incômodo, esse torpor do corpo,
meu rosto na curva da sombra,
onde luz nenhuma vasculha a angústia.

Do outro lado da cortina
há o redemoinho da história,
sabe-lo é aceitar
o veredito da insônia.

Na manhã seguinte, na face calma
do espelho, amanhecemos
com o espanto:

dois cisnes imóveis
na orla, deformes,
abatidos com pauladas no crânio.

*

O amor, essa nova forma de naufrágio.

como nasceu este livro

1.

Entre 2013 e 2017 os jornais europeus relataram cotidianamente a tragédia dos barcos cheios de pessoas fugindo do litoral norte-africano tentando entrar na Europa pelas fronteiras marítimas do Mediterrâneo. As notícias traziam imagens e relatos de muitos barcos afundando e de corpos (a maioria, negros) se avolumando numa lista assustadoramente gigante de mortos, abandonados perto do continente europeu, largados a si mesmos, ou no limbo da "passagem do meio", isto é, no entre lugar da travessia no mar. Um pesadelo.

A cada dia, configurava-se com maior clareza a gravidade daquela emergência humanitária sem proporções, sem que o continente soubesse ou, melhor, quisesse tomar uma radical postura de acolhida. Na verdade, esse fluxo migratório existe desde 1988, mas se agravou nos últimos anos, inclusive a partir da eclosão da longa e sangrenta guerra na Síria, e se tornou uma das razões de debates acirrados no interior dos diferentes países que compõem a União Europeia, provocando fortes tensões (o ápice foi atingido quando, entre 2015 e 2016, várias nações fecharam suas fronteiras para dificultar a entrada de migrantes no território europeu, ferindo o acordo de Schengen, criando campos de espera às margens das suas fronteiras, ou quando se instaurou uma política de Estado na Itália que visou "fechar os portos" do Mediterrâneo, revogada pouco tempo depois por pressões internas e externas). Difícil e complexo entrar aqui no debate que explica as razões desse êxodo maciço de pessoas à procura de um refúgio na Europa e das guerras que assolam o continente africano, mas é evidente que a Europa, com sua ambígua e predadora política externa, fundada sobre a espoliação e o colonialismo (tanto na África quanto, sabemos, nas Américas e na Ásia), tem fortes responsabilidades nos processos históricos que levaram ao atual estado de emergência humanitária internacional.

Esse livro nasceu como resposta à consternação diante dos repetidos, numerosos e gigantescos gritos de alarme em face dessa calamidade que, quando se individualiza nas histórias como a do músico curdo Boris Y. (que deixou seu país e foi encontrado em abril de 2017, morto abraçado ao seu violino na praia de Lesbos, ao qual dediquei um poema), evidencia a dimensão mais dolorida dessa tragédia de proporções imensuráveis.

Como "filha do meu tempo" e como poeta, me parecia que já não era possível apenas se resignar diante de uma impotência que se esgota em si mesma enquanto lá fora, no mundo, milhares de pessoas morriam todos os dias.

Os Estados têm responsabilidade para com os cidadãos e com os que almejam fugir da guerra, da fome, da violência religiosa ou da perseguição política, haja visto que isso é previsto no estatuto internacional do refugiado assinado em 1951 no Acordo de Genebra, que prevê a acolhida aos refugiados como um direito humano básico.

O núcleo inicial do livro (25 poemas) nasceu assim, e nasceu com poemas em italiano, que depois transcriei em português.

2.

Vivo desde 2003 entre a Suíça e o Brasil. Desses países derivam as três línguas ou as três margens entre as quais me movimento: o italiano materno, o francês da formação universitária e intelectual e o português do afeto amadurecido. Esse constante ir e vir entre geografias físicas, humanas e simbólicas me propiciou aquilo que Herta Müller teoriza num belíssimo ensaio autobiográfico, isto é, o "olhar estrábico", voltado para a observação sempre ligeiramente deslocada das próprias culturas, já que se está sempre com um olho atento e crítico direcionado para cada uma das culturas que nos habitam.

À medida que a distância prolongada do Brasil foi se afirmando, entre 2018 e 2019, quando morei um ano na Suíça para atividades de pesquisa acadêmica, me senti impelida a retomar e ampliar o projeto deste livro para abranger outros aspectos, mais universais, da experiência da migração e com os quais eu me sinto muito familiarizada. De fato, embora não tenha fugido de um contexto de guerra e goze de um estatuto privilegiado de cidadã com direito a moradia, trabalho, passaporte etc., existem embates internos que ocorrem quando se é confrontado com a experiência da migração e do encontro entre culturas. Inclusive, no que tange à língua, instrumento principal de trabalho e de sensibilidade de um poeta. Por isso, o presente livro foi se tornando uma colcha de dizeres sobre a experiência limite do confinamento, da migração, dos limiares físicos, simbólicos e linguísticos dos que partem.

O livro assumiu sua verdadeira vestimenta à medida que eu assumi, de vez e sem reticências, que preciso escancarar com coragem esse meu processo e torná-lo visível na minha escrita em língua portuguesa. Àqueles 25 poemas iniciais, autotraduzidos em português, foram acrescentados novos poemas, escritos diretamente em português, e que um dia tentarei conduzir para as outras línguas que falam em mim.

3.

Há uma espécie de coro dramático com cujas vozes dialogo nesse livro, vozes de deslocados, dentro ou fora da própria cultura, ou apenas vozes que desde sempre me ajudam a ancorar em algum ponto momentâneo do sentido: Mariella Mehr, Agota Kristof, Sylvia Plath, Bertolt Brecht, Pier Paolo Pasolini, Aimé Césaire, Dany

Laferrière, Ana Paula Tavares. Há também os diálogos reais com interlocutores que gostaria de nomear, porque a partilha é uma das condições essenciais para a sobrevivência da utopia e da esperança: Francesca Cricelli, Pierre Lepori, Fabrizio Bajec, Eva Taylor, Vera Lúcia de Oliveira, Leonardo Tonus, André Capilé, pessoas que conhecem bem esse estar dentro e fora de várias culturas e realidades. E também os amigos artistas na Suíça: Marco Miladinovic, Gabriela Spector, Franco Ghielmetti.

A escrita desse livro se deu também graças ao diálogo silencioso e profundo com textos de alguns pensadores fundamentais do nosso tempo como Hannah Arendt, Walter Benjamin, Pasolini e, em particular, com os livros de Didi-Huberman, *Passare ad ogni costo* (Bellinzona, Casagrande, 2018), e de Patrick Chamoiseau, *Frères migrants* (Paris, Seuil, 2017).

4.

Nas seções "A fera" e "Gente que parte" existem referências a nomes de lugares do leste ou sudeste europeu: Calais, Treblinka, Idomeni, Vrazjdebna, Salonikko, Vucjak. Trata-se de lugares onde houve ou há campos de refugiados, compondo aquilo que Martin Pollack descreve como um "mapa da memória", no seu ensaio sobre os lugares contaminados da Europa (*Paesaggi contaminati, Per una nuova mappa della memoria in Europa*, Rovereto, Keller, 2017).

Na seção "Antilíngua", a epígrafe de Mariella Mehr foi extraída do livro *Ognuno incatenato alla sua ora* (org. Anna Ruchat, Turim, Einaudi, 2015). A tradução em português é de minha autoria, a partir de uma primeira tradução realizada por Ricardo Domeneck e publicada na revista online *Modo de usar & Co.* (março de 2015).

O escritor suíço-iraquiano do qual falo no poema "diante do indizível..." se chama Usama Al Shahmani e seu romance de estreia é *In der Fremde sprechen die Bäume arabisch* (Zurique, Limmat Verlag, 2018, Prêmio Terra Nova).

O verso em francês que abre o poema "cette langue qui tue ma langue maternelle" é da autora suíço-húngara Agota Kristof, uma das maiores referências na minha formação.

Todos os poemas e fragmentos em outras línguas nessa seção são de minha autoria. O fragmento da epígrafe de Sylvia Plath foi retirado do livro *the winter ship*. Agradeço ao Rafael Zacca pela ajuda providencial e generosa em identificar o título do livro de Sylvia Plath, numa tarde de chuva e de ônibus lotado no Rio de Janeiro.

Ventimiglia é o nome da cidade da Ligúria que faz fronteira entre a Itália (na costa de Gênova) e a França, na Costa Azul. Nesse lugar chegam muitos migrantes, a pé ou com meios precários, na tentativa de entrar na França.

A notícia dos cisnes mortos na beira do lago foi publicada em abril de 2019 no jornal suíço "La Regione", onde também se lia que um inquérito havia sido aberto para tentar apurar os fatos.

5.

As imagens do livro são da amiga artista e tradutora suíça Anna Allenbach. Deixo aqui registrada minha alegria em estar com ela nessa caminhada, trazendo seu trabalho para esse meu outro país de língua e de afetos.

Anna Allenbach

(1980) é artista e tradutora. Em seu trabalho artístico, exposto em várias galerias suíças, lhe interessa a simbiose entre detalhe e sistema, como por exemplo a complexidade da singela fórmula H2O ou as coreografias que desenham no céu os bandos de pássaros (em particular os estornos, que inspiraram as imagens presentes no livro). Como tradutora do alemão, já traduziu para o italiano Peter Bichsel, Anna Kim e Noemi Lerch. Vive e trabalha em Mendrisio, Suíça italiana.

Prisca Agustoni

é professora de literatura italiana e comparada na Universidade Federal de Juiz de Fora, Minas Gerais. Poeta, tradutora, participou de inúmeros festivais internacionais de poesia (Flip, FipLima, Babel, Poésie en Ville, BuchBasel, Festival International de Soleure, Journée littéraires de Bienne, Lieraturhaus Zurich) e sua obra já foi traduzida em inglês, alemão, romanche, espanhol, croata e macedônio. Escreve e publica sua obra diretamente em português, espanhol, italiano e francês, tendo publicações na Itália, Suíça, França e Portugal. Integra o comitê de organização do Festival Internacional Chiasso Letteraria. Ganhou bolsa de criação literária da Fundação Suíça para a Cultura ProHelvetia, em 2013, cujo resultado é um livro de poemas que será publicado na Itália em 2021. Suas publicações mais recentes são *Casa dos ossos* (Macondo, 2017, semifinalista do Prêmio Oceanos) e *L'ora zero* (Gialla Lietocolle, Italia, 2020).

© Prisca Agustoni, 2020
© Editora Quelônio, 2020

Edição e revisão Bruno Zeni
Capa e projeto gráfico Sílvia Nastari

Imagem de capa e contracapa
Série *Storni*, 2019, óleo sobre papel, 10x21 cm,
de Anna Allenbach

Dados Internacionais de Catalogação na Publicação (CIP)
(Câmara Brasileira do Livro, SP, Brasil)
Aline Graziele Benitez - Bibliotecária - CRB-1/3129

Agustoni, Prisca
O mundo mutilado / Prisca Agustoni; ilustração Anna Allenbach.
1ª. ed. – São Paulo: Editora Quelônio, 2020.

ISBN 978-65-87790-05-3

1. Poesia brasileira I. Allenbach, Anna. II.
Título.

20-45582 CDD-B869

Índices para catálogo sistemático:
1. Poesia : Literatura brasileira B869.1

Editora Quelônio

Rua Venâncio Aires, 1072
Vila Pompeia / São Paulo - SP
CEP 05024-030
www.quelonio.com.br

Este livro foi composto nas fontes
Abril Fatface, da TypeTogether
(desenhadas por Veronika Burian &
José Scaglione), e ITC Giovanni Std, de
Robert Slimbach. As imagens de capa e
contracapa são de Anna Allenbach.
O papel da capa é Cartão LD 250 g/m^2
e o do miolo é Pólen Bold 90 g/m^2.
Impressão offset: Bartira Gráfica.
Tiragem: 500 exemplares.
São Paulo, outubro de 2020.